LAS CORTES DE LA MUERTE

Félix Lope de Vega

LOA PARA EL AUTO DE LAS CORTES DE LA MUERTE

Sale el que hace la figura del TIEMPO, con el mismo vestido que ha
de salir al auto, y representa:

Por las cumbres de los montes,
derramando blanco aljófar,
viene el alba dando nuevas
que sale el sol de las ondas.
Ya se descubren los campos:
montes son los que antes sombras;
donde ellas no aparecían
ya se ven cavernas hondas.
Ya cantan los pajarillos
saliendo de entre las hojas;
las aguas que susurraban,
al parecer ya son sordas.
Cuál y cuál estrella queda,
vanse escondiendo las otras,
y sin luz, aunque están cerca
los rayos de quien la toman.
A los montes del Poniente
las puntas más altas dora
quien por los montes frondosos
poco a poco alegre asoma.
Ya de los húmidos troncos
se distinguen las personas;
que pastores, mal despiertos,
saliendo van de las chozas.
Vanse a las hierbas las vacas
ya sus cuevas las leonas;
agora descansan éstas,
aquéllas pasan agora.
Dejan los húmidos peces
sus cavernas peñascosas;
cortan el agua, buscando
sustento, abiertas las bocas.
Dejan los hombres sus lechos;

cuál trabaja, cuál negocia,
cuál con cuidadosas ansias
y cuál con ansias devotas.
Va midiendo el sol los cielos
con carrera presurosa,
mientras más sube, más quema,
sombras crecen y se acortan.
Vase acabando la tarde;
vanse acabando las horas;
el día acaba, que el Tiempo
acaba todas las cosas.
. . . .
El gran tesoro de Creso,
de Alejandro las victorias,
la gran armada de Jerjes,
larga en gente, en dicha corta;
las invenciones de Ulises,
de Nerón las fuerzas locas,
las liviandades de Numa,
de Julio César la pompa,
los Tolomeos de Egipto,
Filipo de Macedonia.
los romanos Escipiones,
las invictas Amazonas,
el sepulcro de Artemisa.
los huertos de Babilonia,
las imágenes de Frigia,
el rico templo de Jonia,
las pirámides de Egipto,
el gran coloso de Rodas,
el obelisco de Armenia,
el Faro, torre copiosa;
la grandeza de Cartago,
los alcázares de Troya,
las murallas de Sagunto,
el anfiteatro de Roma,
los triunfos y ovaciones,
los carros, lauros y honras,
ya se acabaron; que el Tiempo
acaba todas las cosas.

Allega la Poesía
en aquesta edad agora
a tal punto, que ni un punto
puede crecer de las otras.
Todos gustan de conceptos:
ya no hay vulgo, nadie ignora,
todos quieren en la farsa
buenos versos, trazas propias.
De los muchos que allí vienen,
unos celebran las coplas,
otros alaban la traza,
otros gustan de la loa.
Cuál la música engrandece,
cuál dice bien de las ropas,
cuál de las burlas se ríe,
cuál de un tierno paso llora.
En este senado ilustre
oídnos, si os place una hora,
y si es mucho, ved que el Tiempo
acaba todas las cosas.

PERSONAS

LA MUERTE, vestida de esqueleto, con guadaña en la mano.
EL PECADO, vestido de reina, coronada, mascarilla negra, que
encubra media cara.
LA LOCURA, vestida de botarga, moharracho.
EL TIEMPO, vestido de caballero, de punta en blanco, y espada y
sombrero con pluma.
EL HOMBRE, vestido de emperador, con manto, corona y cetro.
EL NIÑO Dios, vestido de pastorcico.
EL ÁNGEL DE LA GUARDA, con grandes y pintadas alas.
EL DIABLO, vestido de fuego, cuernos en la cabeza y gran rabo.
LA ENVIDIA, vestida de villano rústico.
EL DIOS QUE LLAMAN CUPIDO, vestido de punto color de carne,
sin venda en los ojos, con su arco, carcaj y saetas.

Salen con sus trajes referidos el TIEMPO, el PECADO, el dios
CUPIDO y la MUERTE.

PECADO.   Por aquí pienso que van.
MUERTE.Cuanto en el mundo camina,
Pecado, a mí ya se inclina.
TIEMPO.Y cuantos viviendo están
pasan por mí, y yo por todo.
MUERTE.Tiempo, que corriendo vas,
detente, mas no podrás
hallar de pararte el modo.
PECADO.   ¿Pues sosiega la inquietud?
TIEMPO.¿Adónde el Hombre quedó?
MUERTE.En la locura paró
del mundo su juventud.
TIEMPO.   Muerte, que estás dividida
en lo temporal y eterna.
y desde la infancia tierna
vas acechando la vida;
mientras que llega a pasar
el Hombre por este valle
de lágrimas, y ahora hablalle
nos da la ocasión lugar,
referiros será bien
los pasos en que me fundo,
y doy como Tiempo al mundo
y sus historias también.
PECADO.   Aquí tienes dos testigos
de lo que por él pasó
desde que Dios le crió.
MUERTE.Y tu, mayores amigos.
PECADO.Yo primero que la Muerte
vi el mundo en el Paraíso,
cuando ser como Dios quiso
el Hombre.
MUERTE.   Pecado, advierte
que yo por la Envidia entré
en el mundo, en que no había
Muerte; que mi monarquía
después de los años fue

del justo Abel y Caín;
que las vidas no eran mías
entonces, y aquellos días
tuve principio en su fin.
TIEMPO. Pues oídme a mí, que soy
desde el edificio hermoso
del mundo, y con presuroso
vuelo por los años voy.
En seis naturales días
crió el mundo el Rey del cielo,
por cuyo número algunos
dan seis mil años al tiempo.
Entre cuatro ilustres ríos,
de aquel oscuro silencio
sacó un jardín, cuyas flores,
estrellas terrestres fueron.
Crió a Adán, fabricó a Eva
del mismo, y los dos vivieron
por mano de Dios casados,
venturoso amor sin celos
De los dos primeros padres
del mundo ¡oh, Muerte! nacieron
Caín y Abel, que a las manos
de la fiera Envidia muerto,
en voz convirtió la sangre,
dando en el cielo los ecos
(¡tan antiguo es en el mundo
ser envidiados los buenos!).
Descendió de Seth, Enoch,
de Noé los tres que dieron
principio, Cham, Sem, Japhet,
al renovado universo.
Castigó Dios a los hombres
por pecados deshonestos,
con inundaciones de agua
que los montes excedieron;
que en menos agua no pudo
cesar tan infame fuego.
Nemroth, biznieto de Cham,
hizo dividir soberbio

las lenguas y las naciones.
Comenzó el asirio remo:
hizo el idólatra Nino
estatua a su padre Belo;
fue del trigo autor Osiris,
como Noé del sarmiento.
Pasaron hasta Abraham
desde el diluvio trescientos
y sesenta y siete años,
aunque del día primero
del mundo dos mil y veinte:
cuando su Artífice eterno
prometió la bendición
de las gentes, procediendo
la generación humana
de su santísimo Verbo,
de Isaac, figura de Cristo,
naciendo en la tierra en tiempo
de una soberana Virgen,
como sin tiempo en el cielo.
Engendró Jacob doce hijos,
pasó a Egipto, y de él salieron
seiscientos mil y más hombres,
prodigioso y raro aumento,
de sesenta que Jacob
llevó a Egipto, hijos y nietos.
Éstos por la seca arena
pasaron el mar Bermejo;
que las procelosas ondas
muros de cristal se hicieron:
y entre Elim y Sinaí
cuarenta años anduvieron,
suspirando por Egipto;
¡tal puede el trato en los necios!
Fue el maná divino enigma
del que ha de bajar del cielo;
que Pan Angélico llama
el Rey Profeta en sus versos.
Curólos siempre Moisés;
adoraron el becerro,

con otras graves ofensas,
por donde no merecieron
ver la tierra prometida:
que sólo de todos ellos
el capitán Josué
pasó el Jordán, Moisés muerto.
Sucedieron los jueces
desde Othoniel primero
a Sansón, Elí y Samuel,
y a petición de su pueblo
reinó Saúl, y David
cuarenta años tuvo el cetro;
ésos mismos Salomón,
aquél del famoso templo,
depositó del maná...

PECADO.Párate si puedes, Tiempo;
que viene el Hombre a quien hoy
robar y prender tenemos.
TIEMPO.En este tiempo está el mundo,
pero siempre voy corriendo.

Salen ahora el HOMBRE y el ÁNGEL.

HOMBRE.¡Gran desengaño!
ÁNGEL.Notable.
HOMBRE.¿Qué podía dar el viento
sino lo mismo?
ÁNGEL.Es verdad.
HOMBRE.¡Oh, qué arrepentido vengo!
ÁNGEL.Pues, Hombre, si fuiste loco,
no seas necio; como un necio
es terrible de sufrir.
HOMBRE.Bien dices, del mal lo menos.
Ya la locura del mundo
me ha cansado y la aborrezco,
porque me entregó al olvido,
y no hay peligro más cierto
que el olvidarse de Dios.
ÁNGEL.No te serán mal ejemplo

las lágrimas deste valle.
HOMBRE.¡Qué solitario, qué espeso
de cuidados y dolores!

Llegan ahora los cuatro, encarándose con el HOMBRE.

MUERTE.Téngase todo hombre.
HOMBRE.¡Ay cielos!
ÁNGEL.Como aquél de Jericó,
en ladrones dado habemos.
HOMBRE.¿Pues a un pobre peregrino?...
TIEMPO.Ea, desnúdese luego.
HOMBRE.Señores, ya me quitaron,
quebrando el primer precepto,
de la inocencia el vestido;
pobre y desterrado vengo.
Perdí la justicia y gracia,
pues yo, ¿qué dinero llevo,
aventurero en el mundo?
ÁNGEL.Señores, ya que salieron
a robar a un peregrino,
con piedad pueden hacerlo:
¿quién son?
PECADO.Yo soy el Pecado
ÁNGEL.Bien se le ha visto en lo negro
de la cara; negra sea
su vida y sus pensamientos.
PECADO.Así queda negra una alma
que pierde a Dios.
ÁNGEL.Yo lo creo;
que luego toma el color
el que es carbón del infierno;
¿y él quién es?
TIEMPO.El Tiempo soy.
ÁNGEL.Con eso hace tan mal tiempo.
Señor Tiempo, así mejore
de salud y de sucesos
que se vaya poco a poco;
que se quejan mil mancebos
que ayer se acostaron niños

y hoy se levantaron viejos.
TIEMPO.No tengo la culpa yo.
ÁNGEL.¿Cómo que no, pues quién?
TIEMPO.Ellos,
que la mitad de la vida
duermen, y yo nunca duermo.
También me abrevian a mí
más de lo que soy, pues veo
que todos se quitan años,
pues el más cuerdo y modesto
niega los que yo le doy.
ÁNGEL.Mirándole estoy atento
cómo trae de oro el rostro
cuando hay tan poco dinero.
Mas ya lo entiendo, que como
siempre el retablo de duelos,
aunque encima está dorado,
es madera por de dentro.
¿Y él quién es?
MUERTE.Yo soy la Muerte.
HOMBRE.Nunca se logren sus huesos:
¿por qué viene de repente?
Dirá que se lo debemos
por ahorrar de pesadumbres,
de quejas, dolor, enfermos,
de médicos y boticas.
MUERTE.No, sino por ejemplo
para los que quedan vivos;
mas son tan locos y necios,
que lo que sucede en otros
juzgan imposible en ellos.
ÁNGEL.En verdad, señora Muerte,
que andáis muy discreta en eso,
y preguntádselo a Job:
veréis que la vida es sueño,
y tela que el dueño corta,
cuando quiere, por el medio.
¿Y ese desnudo quién es?
CUPIDO.Yo soy el Amor.
PECADO.Amor es todo invención.

CUPIDO.No hay en el mundo cuidado
que mate como el Amor.
PECADO.Hasta agora no lo sé.
CUPIDO.Pues yo, reina, te diré
las señas de su rigor.
Es Amor un accidente
sobre lo más natural,
porque amar lo que es igual
se sigue naturalmente.
Es una pena agradable
y es un gustoso dolor,
un apacible rigor
y un veneno saludable.
Es una dulce pasión,
de los sentidos empleo,
donde es tirano el deseo
y es esclava la razón.
Es un campo de batalla
que no puede resistirse,
pues viendo al alma rendirse,
el entendimiento calla.
Es un excesivo exceso
hidrópico de hermosura,
y una engañada locura
que piensa que tiene seso.
Es un desvanecimiento
de la dulce fantasía,
de la esperanza porfía
y engaño del sufrimiento,
Es un perezoso modo
de no mudar voluntad,
y una loca ceguedad
que piensa que lo ve todo.
Es un ser que no es en sí,
y de otro recibe acción,
y es una imaginación
que se sustenta de sí.
Es un desmayo que fuerza,
y es una flaqueza fuerte;
es fuerte como la muerte,

y es una muerte sin fuerza.
Finalmente, Amor es Dios,
que sus absolutas leyes
saben abatir monarcas,
e igualar con las abarcas
las coronas de los reyes.
Por eso, a Amor, los primeros
pintan desnudo en la fama,
pues por regalar su dama
se quedan todos en cueros.
PECADO.¿Eso es amor?
CUPIDO.Esto es,
pintado en cifra, el Amor.

Vanse todos. Mutación del teatro en un salón, en el que aparece la
MUERTE, Sentada en su trono. Van entrando Y tomando asiento, el
PECADO, la LOCURA, el TIEMPO, el HOMBRE, el ÁNGEL, el
DIABLO, la ENVIDIA y CUPIDO, levantándose cada uno al hablar.

ÁNGEL.   ¡Oh Pecado!¡Oh Tiempo! ¡Oh Muerte!
¿Qué nuevas Cortes son éstas?
MUERTE.Ahora veréis manifiestas
las causas y triste suerte
que al mundo y al Hombre afligen.
Ea, el programa publiquen,
que abierta está la asamblea:'
comience la perorata
y hable agora la Locura.
LOCURA.Soy la Locura del mundo,
hija de Nemroth me nombro,
que quiso escalar el cielo
de su riqueza ambicioso.
Como en un cristal cifrado,
en mí podéis verlo todo;
aquí hallaréis un ruido
que vuelve los aires sordos,
porque todo mi palacio
es una casa de locos,
donde en ciego laberinto

de confusión, veréis cómo
aquéllos son locos destos
y éstos lo son de los otros.
Ninguno está en su lugar
contento, que ni tesoros,
oficios, ni dignidades
le hacen rico ni dichoso.
El casado envidia al libre,
y éste juzga dulce adorno
de la vida, la mujer,
los hijos feos o hermosos.
El soldado al labrador,
cuando da la tierra a logro
el trigo, que ha de volverle
con réditos al Agosto.
El labrador, malcontento,
envidia al que perezoso
hace de la noche día,
come en plata y bebe en oro.
Hay aquí mil pretendientes
que van siguiendo quejosos,
los Ministros, y ellos más
de papeles y negocios.
Aquí hallaréis ignorantes,
soberbios, vanagloriosos,
filósofos con el vulgo,
mudos con los hombres doctos.
Gastos en haciendas cortas,
en largas, dueños tan cortos,
que guardan para la muerte,
comen aire y viven rotos.
Mándales Dios que sustenten
al pobre, y vuélvenle el rostro;
que Avaricia y Caridad
han hecho eterno divorcio.
Veréis mozos como viejos,
veréis, como viejos, mozos,
las esperanzas de viento,
y los sucesos de plomo.
Pero no quiero cansaros:

la Locura soy, e ignoro
cómo los hombres no caen
en que son ceniza y polvo.
Les di aposento en mi casa
y de regalo y posada,
el cuarto de los engaños
Vanidad, mi mayordomo,
y Ostentación, mi criado,
les adornan sus vestidos;
la Gula, mi cocinero,
les guisa olvidos y lothos:
eché de casa el Sosiego
por viejo y escrupuloso.
La memoria de la Muerte
mandé se fuese a los yermos
de la Tebaida, y llamé
al Sueño, bufón gracioso.
La novedad, la mentira
y las nuevas estén prontos
para entretenerle siempre
al hombre que sea loco,
pues quien entre locos anda,
es fuerza que salga loco.
Todo es lisonja y engaño,
todo es locura y soberbia:
a Dios le llaman de vos,
al hombre llaman Alteza,
cortesana a la mujer
que vive con desvergüenza;
mocedades a los vicios,
a los hurtos diligencia,
a la pobreza deshonra,
y honra al fausto y la riqueza;
valiente al que es temerario,
discreción a la cautela,
alegre al que es un borracho,
morena a la mujer negra;
los oficios llaman artes,
todos los nombres se truecan,
sólo a la Muerte no mudan

porque iguala cuanto encuentra.
Loco es y será el señor
que por haberse empeñado
viste y come de prestado,
pues propio fuera mejor.
Loco el príncipe que da
y no paga lo que debe;
loco el que a mandar se atreve
cuando en otra casa está.
Loco es el que ha consumido
su caudal sin fundamento;
loco el que hace testamento
cuando no tiene sentido.
Loco el que su hacienda emplea
donde se puede perder;
loco el que tiene mujer
hermosa, y busca la fea.
Loco el que tiene dinero
sobrado, y lo pasa mal;
loco el hijo de oficial
que se mete a caballero.
Loco el que suele perder
al juego todo el caudal;
loco aquél que dice mal
de quien se le puede hacer.
Loco aquél con quien pretenden
largas esperanzas vanas,
y loco el que ha por sanas
las mujeres que se venden.
Andan ya tantos bellacos
en el mundo entretenidos,
unos de seda embutidos
y otros metidos en sacos,
que no es fácil conocer
el hombre cuál es virtud,
pues siempre está en inquietud.
. . . .
Han hecho ya granjería,
según ya nos lo refieren,
para alcanzar lo que quieren

los hombres, la hipocresía.
MUERTE. Ya que ha hablado la Locura,
hable si quiere ahora el Malo.
DIABLO. Todo el mundo me idolatra
y por rey y señor jura,
quemando inciensos sabeos
en aras de plata pura.
De las víctimas los fuegos
la región del aire alumbran,
y al rojo señor de Delos
los humos la cara ofuscan.
Sólo en el pueblo hebreo
algunos justos se excusan
de rendirme vasallaje
con esperanzas confusas
del Mesías prometido
que los profetas anuncian,
pero aquéstos son tan pocos,
que mi cuidado descuidan
de que en este triste tiempo
sus vaticinios se cumplan,
porque está el orbe más ciego
que se ha imaginado nunca.
Los diez divinos preceptos
escritos en piedra dura,
no tan sólo no los guarda,
mas culpas nuevas estudia.
El santo amor desfallece,
el apetito se encumbra,
la Verdad anda arrastrada,
la Mentira rema y triunfa;
la lisonja en la privanza
a la Fe crédito usurpa,
la maldad camina en coche,
la bondad sola y desnuda.
La Justicia sin balanzas,
con más vela que una grulla,
pesca con vara y anzuelo
en lagunas de agua turbia.
La Templanza anda sin freno,

la Fortaleza procura,
en vez de mármoles puros,
romper de plata columnas.
La Prudencia sin espejo
por no ver blancas las rubias
hebras, y en vez de culebra
en la mano, ave nocturna.
La tiranía gobierna,
manda y veda la Lujuria,
la Avaricia es adorada,
idolatrada la Gula,
la Soberbia es el monarca
que gobierna aquesta chusma,
hidra de siete cabezas
y con juicio ninguna.
MUERTE.Puesto que el Malo ha acabado
de hablar, hable el Pecado.
PECADO.   No hay en el mundo contento
ninguno, pues todo cuanto
miro y toco, hallo un encanto,
un prodigio y un portento.
Todo es sombras y apariencias,
todo sueños y visiones,
todo antojos e ilusiones,
todo horrores y violencias.
Dicen que la variedad
de aqueste mundo abreviado,
que así es razón que se nombre,
puede divertir al hombre
más triste y desconsolado:
pues fuera de las grandezas
que en su esfera se contienen,
de gustos que van y vienen,
de tesoros y riquezas,
jardines, plantas y flores,
fuentes, animales, aves,
coches, carrozas y naves,
vicios, deleites y olores,
verás que baja esperanzas
y que otras sube a la luna,

porque al son de la fortuna
por puntos hace mudanzas.
Verás que en sus altas cumbres
hay muchas cosas molestas
y que a veces hace fiestas
de las mismas pesadumbres.
Verás cómo van siguiendo
sólo a los que pueden más,
y cómo dejan atrás
a los que vienen cayendo.
Verás engordar los ricos
con sangre de los menores,
y que los peces mayores
quieren comerse a los chicos.
Verás los necios premiados,
sin premio los entendidos,
los menguados aplaudidos
y los doctos retirados.
Verás vecinos que, apenas,
aunque su casa se abrasa,
ven lo que pasa en su casa
y murmuran las ajenas.
Verás a los usureros
dar mohatras a porfía
y confesar cada día
sin dejar de ser mohatreros.
Verás casadas muy bellas,
pero siempre entre compadres,
y doncellas que son madres
y se casan por doncellas.
Verás mentiras, patrañas,
ignorancias, falsedades,
traiciones, enemistades,
rencillas, odios, cizañas,
cuentos, chismes, disensiones,
cautelas, provechos, daños,
logros, mohatras, engaños,
juramentos, maldiciones;
bandos, encuentros, pendencias,
injusticias, desafueros,

penas, azares, agüeros,
y en fin, tantas diferencias
en el uno y otro estado,
según lo que persuaden,
que por lo vario te agraden
ya que no por lo ajustado.
MUERTE.Ahora hable el Ángel.
ÁNGEL.Las cuatro postrimerías
son aquellas que llamamos
Muerte, Juicio, Infierno y Gloria
(ten, cristiano, en tu memoria),
desde que al mundo llegamos.
En todas nuestras acciones
nos dice por esto el sabio
que dellas nos acordemos
y en la mente propongamos
las cuatro postrimerías.
La primera causa espanto:
y así el Filósofo dice
que en lo terrible y amargo
no hay cosa como la Muerte.
Y aunque siempre está amagando,
porque tiene para herir
siempre levantando el brazo,
cuando vecina se mira
sin apelación, y cuando
quiere desatarse el alma
deste edificio de barro;
cuando está pálido el rostro,
sin fuerza y flacas las manos,
desbaratados los pulsos,
el cabello enmarañado,
hundidos ojos y sienes,
seca la lengua y los labios,
débil la respiración,
vigor y aliento postrados,
perdido el conocimiento
y los dientes traspillados;
y entre mortales congojas
se esfuerza y anima en vano

el corazón que primero
tuvo idea, y como amparo
del cuerpo, muere postrero,
y cuando el horror es tanto
deste tránsito forzoso
que aun a Dios no ha perdonado,
porque él lo quiso temer;
no ha consuelo, no hay regalo
como la dulce memoria
de aquel divino holocausto,
el Sacramento bendito
de Pan divino y humano,
y el haberlo recibido
con devoción y con llanto.
Llega el alma al tribunal
de quien Job, que fue dechado
de virtud y de paciencia,
estaba siempre temblando,
y quisiera estar primero
en el Infierno, con tanto
que, pasado aquel juicio,
viese a Dios desenojado;
tribunal que a nadie exceptúa,
como lo dice San Pablo.
Segunda postrimería
en quien los buenos y malos,
trémulos, se consideran
como las hojas del árbol
a los enojos del cierzo
y a los alientos del austro.
Si omnipotente y severo
es el Juez, ¿qué gusano,
qué hormiga, qué polvo, o nada,
tendrá valimiento osado
para replicar entonces
a las culpas y a los cargos,
siendo el Juez riguroso
y siendo suyo el agravio?
Aquí en confusión se vieron
los ángeles y los santos;

¿qué hará el hombre de vil tierra,
si el cielo se vio manchado?
Aquí de un gran patriarca
oigo la voz preguntando:
¡Ah, Señor! Si es flor el hombre
producida de los rayos
del sol, y queda marchita
cuando espira en el Ocaso,
si es una sombra su vida
que jamás en un estado
permanece, ¿por qué causa
vuestra poderosa mano
entra con él en juicio?
Aquí, pues, donde esperando
está el Alma la sentencia
que por lustros y por años,
por siglos y eternidades,
lo que fuere decretado
se ha de ejecutar, aquí
hallé que el mayor descargo
es el haber recibido
este manjar sacrosanto,
donde con Dios nos unimos
en el modo y ser más alto
de las uniones divinas,
la hipostática exceptuando,
porque Dios no era decente
deste novísimo caso.
Al tercero, donde (¡ay triste!)
mis sentidos se turbaron,
llegué al centro de la tierra,
llegué al abismo profano,
llegué al seno de Moloc,
llegué al remo del espanto,
llegué al Infierno, en que Dios,
después de cogido el grano,
como lo dice Mateo,
que mal apaga desmayos,
da al corazón la memoria
(horror da sólo el pensarlo,

con ser cuanto se imagina
un borrón, un punto, un rasgo)
aquí abrasa y no consume
el fuego que está elevado,
porque atormente y aflija
de un modo extraordinario.
A un intensísimo frío
se pasa dél a un letargo
en que duerme la esperanza
y en que está despierto el daño.
A ocho se reducen todas
sus penas: frío, gusanos,
tinieblas, azotes, fuego,
confusión, demonios, llantos.
Pero los que aquí padecen
aun más que los mismos diablos
son apóstatas, herejes,
que llaman sacramentarios,
simoniacos, nicolaítas,
nósticos, nestorianos,
maniqueos, triteítas,
adamitas, arrianos,
taboritas, saduceos,
artemios, apolinarios,
marcelinos, angelinos,
socráticos, puritanos,
avicenses, rocacenses,
y otro seno estaba en blanco
para husitas, calvinistas,
hugonotes, luteranos:
todos, porque en este Pan
eterna vida negaron.
Los que este maná no comen
ni de éste no han gustado,
hambre y sed aquí padecen.
¡Oh, qué confusión! ¡Qué caos!
¡Qué gemidos! ¡Qué blasfemias!
¡Qué suspiros tan amargos!
Donde el tormento mayor
es carecer del descanso

de ver a Dios, mientras Dios
vive eternidades de años
en fábrica de zafir
con lunares de topacios;
ese alcázar donde a Dios
dicen siempre: ¡Santo, Santo!
Los tronos y potestades;
ese divino palacio
que Dios labró para sí,
donde bienaventurados
espíritus, ya gloriosos,
están viendo, están amando
aquella Esencia indivisa,
donde los gozos son tantos,
que en cada atributo suyo
glorias inmensas hallaron.
MUERTE.La Envidia le toca hablar.
ENVIDIA.   Yo tengo vanos antojos
y todos son importunos,
pues para sacar a otro uno,
me suelo quebrar los ojos.
Y es mi gusto tan extraño,
que a trueco de dar pesar,
sin que me pueda importar
siempre antepongo mi daño.
ÁNGEL.   En ese infernal veneno
no sé qué gustos estén.
ENVIDIA.Que a mí, más que el propio bien,
me deleita el mal ajeno.
ÁNGEL.   Condición, según la cara,
de carcomida langosta.
ENVIDIA.El trabajo más se agosta,
que nunca en mudar repara.
ÁNGEL.   El que tienes es eterno,
mas dél, ¿qué premio has sacado?
ENVIDIA.No más de haberme vengado,
que es bastante.
ÁNGEL.En el infierno
no hay tormento más robusto
que el que a ti mismo te das.

ENVIDIA.En ver padecer no más
consiste todo mi gusto.
ÁNGEL.   ¿Y adónde con pecho ruin
los veloces pasos mudas?
¿Llevas el cordel a Judas,
o la quijada a Caín?
Aunque tu mayor blasón
y más valerosa prueba,
fue dar la manzana a Eva
y a su marido azadón.
LOCURA.   Dejemos bachillerías,
puesto que en Cortes hablamos
de la Muerte, en que ahora estamos,
que adornan hidras y arpías.
Así ¡oh, señores! que si os place,
haré una fiesta que en el Corpus se hace.
Yo la he de hacer, usando de mis chanzas,
los carros, los gigantes y las danzas.
MUERTE.¿Tú solo?
LOCURA.   Yo solo. Ea, escuchad, que empiezo.
Vaya de carros y de representantes,
mientras otro apercibe los gigantes.
¡Ah, hermano! Apartad aquese carro:
¿Con quién hablo? Apartad. ¡Hola, portero!
A la plaza llevad ese primero:
llegad esotro. Apártate, muchacho.
¡Ay, que le vuelvas! Tente, ¿estás borracho?
Apartad esa gente. Yo no puedo:
llegad más de ese lado: quedo, quedo;
señores, los sombreros, que me ahogan:
bájate, moza, no veré persona;
estuviérase en casa la fregona.
No ha de subir. ¿Por qué? Porque no paga.
Soy soldado. Donosa soldadesca:
¿Quién la bebe, galanes? ¡Oh, qué fresca!
Empiecen. ¿A qué aguardan? De aquí a un rato,
sale Roque muy rubio y mojigato,
diciendo con su flema y melodía;
mas de que se despeje Vueseoría,
que representaremos con trabajo.

Ea, fuera de aquí, apartad, abajo,
no ha de quedar un alma. Espere un poco,
que soy criado. Aunque lo sea, baje.
¿Conóceme usted? Ya sé que es paje:
baje, o arrojaréle. No rempuje,
que ya le bajan. ¡Ay, que me machacas!
Ya salen a cantar, ojos urracas,

Saca la LOCURA una guitarrilla, y canta:

¿Por qué el Alma solicitas,
diablo mecánico y vil?
Porque es como el perejil,
que se come sin pepitas.

Se colocala LOCURA una tunicela por la cabeza, con cuernos para
denotar es el DIABLO, y sigue representando.

Los músicos se van, y sale airado
un diablo por debajo del tablado.
Yo soy aquél chamuscado
que jugando a salta tú
quedé hecho Belcebú
en el suelo derrengado,
y obstinado
de que el Alma vuelva y saque,
quiero darla un triquitraque.
Alma, Alma, tras mí vente
que fácil se alcanza mente
del infierno el badulaque.
Ahora se aparece una gran nube,
y bajando hasta el suelo rechinando,
sale el Alma, y responde renegando.

Quítase ahora la tunicela de demonio y pónese otra blanca y una
cabellera rubia, y representa:

Cierto, señor Barrabás,
que yo no entiendo su ahínco,
ya sé que cincuenta y cinco

es un seis, siete y un as.
Y si Caifás
juzgando se condenó,
¿qué culpa le tengo yo?
Y aquí da fin, auditorio,
el Alma del Purgatorio
que del Diablo se escapó.
ENVIDIA.¡Linda fiesta!
ÁNGEL.Yo quedo satisfecho.
ENVIDIA.Tal tenga la salud el que lo ha hecho.
LOCURA.Éstos han sido versos de repente;
que si escribo y estudio con cuidado,
mucho peor los hago de pensado.
Mas ¿qué ruido es éste?¡Ah, son los gigantes!
Vedlos, que ya a la puerta los arriman,
y quieren los que sustentan la maraña
dar a alguna taberna un ¡cierra España!
Donde echando un polvillo y otro todos,
de aquellos polvos vengan estos lodos.
Salgámoslos a ver. Vamos aprisa;
de solo imaginarlo me da risa.

Vase la LOCURA y sale luego en cuclillas haciendo la gigantilla, y
canta la música:

Ésta sí que es fiesta de gusto,
ésta sí que es fiesta de amor.
Desarrimen los gigantes
y con tiento cárguenlos,
porque traen los que los cargan
diferente cargazón.
Dancen en orden iguales,
vueltas dando alrededor,
y los músicos alegres
canten este dulce son.
Ésta sí que es fiesta de gusto,
esta sí que es fiesta de amor.
MUERTE.¡Ah, Locura! No hagas más,
y ahora el Hombre hable si quiere
a su saber y sabor.

HOMBRE.Lo haré así como pudiere
(aunque con grande dolor)
si me prestáis atención.
Por la puerta de la culpa
entró la Muerte en la tierra,
que no viéramos su cara
si ella no abriera la puerta.
Era la vida hijadalgo,
pero perdió su nobleza,
que la empadronó la culpa
y ha quedado por pechera.
Es la Muerte ejecutor
que a nuestra naturaleza
cita al nacer, y al morir
por remates saca prendas.
Las edades son los plazos
de la ejecutada deuda,
cuyos días son contados,
pues el mayor llega a ochenta.
Traba, pues, la ejecución
sobre bienes que lo sean,
porque el término es forzoso
algún tanto se suspenda.
Es la Muerte un mirador
de donde claro se ojea
lo profundo de la culpa
y lo largo de la pena.
Es noche que sigue al día,
puesto que muchos entiendan
ser Josué deste sol
salud, contento y riqueza.
Para un poco, claro día,
detente tú, noche negra,
que en lo largo y en lo corto
os juzgo por nave incierta.
Es Muerte piedra de toque
en cuyas rayas nos muestra
el vicio su falsedad
y la virtud su firmeza.
Es un estrecho de mar

donde la vida se anega,
la cual nada propiamente,
pues nada más nada que ella.
Arrojalda a buena parte,
olas de congojas llenas;
que ya se que es cuerpo muerto
y le habéis de echar a tierra.
Es la Muerte un claro sol
que descubre a la conciencia
los átomos de la culpa
por muy sutiles que sean.
Tente, sombra de la vida,
hasta pasar esta siesta;
que los pasos de la Muerte
al paso que alumbran, queman.
Es el sepulcro del hombre
casa propia solariega,
que tan solo es de alquiler
la que goza por herencia.
Casero y no morador
es, si bien lo consideras,
pues cesa el arrendamiento
al punto que el dueño llega.
Es la Muerte para el rico
campana que toca a queda,
y en dándole, quitarán
las armas de su moneda.
Su escudo y armas reales
hasta aquí pueden traerlas
que aunque ellas digan Plus Ultra,
sepan que miente la letra.
Es Muerte reloj de sol,
cuyas sombras nos enseñan
las horas que van pasando
y las pocas que nos quedan.
Es acíbar su memoria
que pone al pecho la Iglesia
para destetar un alma
de sus gustos y ternezas.
Es una espada desnuda

que está sobre la cabeza,
sin más fiador que un cabello
ni más lejos que cabe ella.
Alza los ojos, memoria,
pues ves que de un hilo cuelga,
y es tan laso el de la vida,
que por momentos se quiebra.
Es la Muerte un artillero
que a todas edades llega;
que están cuna y ataúd
en igual distancia della.
Batiendo está las murallas,
y como no son de piedra,
hace en ellas grande estrago
cualquier bala de dolencia.
Ponte, Tiempo, de por medio,
sé deste mundo defensa,
que peto a prueba de muerte
no hay monarca que le tenga.
¡Oh, corta y cansada vida,
qué de males te rodean,
qué de enemigos te siguen
y qué de tiros te asestan!
La Muerte viene a tu alcance,
mas ten al miedo la rienda,
que ya tienes nueva vida
si tú sabes usar della.
Ya la Muerte espera muerte,
nadie sin culpa la tenga;
que a manos de aquesta vida
sabemos que quedó muerta.
Por la puerta de la gracia
entró la vida en la tierra;
porque no hay vida sin gracia
ni muerte sin culpa fea.
Alhóndiga y armería
es la militante Iglesia,
donde hay Pan que te sustente
y armas con que te defiendas.
Es este Pan celestial,

para lo que toca a guerra,
peto a prueba de la muerte
por ser él la vida mesma.
Es espada que te adorne,
mas será, si bien no llegas,
espada en mano de loco
con que a ti mismo te hieras.
En lo que toca a manjar
es Maná, que si le pruebas
a todas las cosas sabe
porque en Dios todo se encierra.
Es ración que tiene el alma,
y es tan rica su prebenda,
que a darla menos que a Dios
no fuera ración entera.
Es un alto mirador
desde donde la Fe ojea
lo distante y lo profundo
de la eternidad excelsa,
es pináculo divino
donde el mismo Dios te lleva
a mostrar lo que dará
al que adore su presencia.
Es sol entre pardas nubes,
y aunque sus rayos no veas,
en sus efectos divinos
verás que alumbra y calienta.
Es Océano del Padre,
y tanto en Cáliz se estrecha,
que te puede en un instante
pasar a la vida eterna.
Es una piedra de toque
adonde ser Judas muestra
falso doblón de a dos caras,
y Tomé tomé de cuenta.
Son sus blancos accidentes
sepulcro donde se encierra
el cuerpo de Cristo vivo
porque le coma la tierra.
Es leche dulce y suave

que tiene al pecho la Iglesia
para sustentar un alma
que se crió para rema.
Es reloj que da la una.
y son las dos si se cuenta;
que la persona de Cristo
tiene dos naturalezas.
Es quinta esencia de bienes,
pero no es sino primera,
que aunque Dios es Uno y Trino,
es solamente una esencia.
Es vida de nuestra vida
y es alma del alma nuestra,
porque vivir sin comer
repugna a naturaleza.
Comed y no moriréis,
dijo la antigua Culebra,
y a decirlo deste pan,
fuera infalible sentencia.
Y pues es vida el manjar,
llámese quien no le prueba
homicida de sí mismo,
pues le tiene y le desprecia.
Ésta es la vida y la muerte,
y con ser cosas opuestas
las he querido probar
con unas razones mesmas.
En fe que la muerte es vida
para un alma justa y buena,
y la vida amarga muerte
para un ingrato que peca.

Ábrese ahora una apariencia y se ve al Niño Dios, vestido de
pastorcico, en un trono en manera de juicio, y al lado derecho los
corderos blancos, y al otro los cabritos negros.

NIÑO. Corderos blancos y puros,
los de mi mano derecha,
los benditos de mi Padre,
venid a la gloria eterna,

desde el principio del mundo
fabricada para vuestra:
porque cuando tuve hambre
me disteis en vuestra mesa
de comer, y cuando sed
de beber, y cuando era
huésped, cama, y me cubristeis
cuando llegué a vuestra puerta
desnudo, y estando enfermo
fue vuestra visita llena
de piedad, y porque os vi
preso en la cárcel con ella.

Los corderos blancos se levantan en alto, figurando suben a la gloria; y vuelve a los cabritos negros y dice:

Apartad de mí, malditos,
los de mi mano siniestra,
al fuego eterno, a las llamas,
a la apercibida pena
para el ángel pertinaz
a quien sigue su soberbia.
Con hambre, nunca me disteis
de comer en vuestra mesa,
ni a beber teniendo sed,
ni me disteis en la vuestra
posada, cuando pasaba
peregrinando por ella.
No me cubristeis desnudo
y no me visteis siquiera
una vez, preso y enfermo,
y así, mi justicia eterna
en el monte de mi cielo
a eterno fuego os sentencia.

Los cabritos negros se hunden en el tablado, saliendo llamas de fuego con ruido de truenos. Desaparecen todos, quedando solos el NIÑO Dios, el ÁNGEL y el HOMBRE. Y canta la música:

Vela, vela, pecador,
mira que el mundo te engaña,
que anda el lobo en la campaña,
huye y teme su rigor.
Mira que llega a la puerta
y con deleites convida,
la lámpara esté encendida,
no la halle el Esposo muerta.
Entra con muestras de amor
y siembra entre ellas cizaña,
que anda el lobo en la campaña:
huye y teme su rigor.

Cesa la música: pónese el HOMBRE de rodillas delante del NIÑO
Dios, y dice:

HOMBRE.   Ahora conozco mi engaño
y os suplico arrepentido
me oigáis, Señor, condolido
de mi culpa y grave daño.
Si lo puedo decir, a mi malicia
debéis la gloria que tendréis triunfando,
pues perdonando, más que castigando.
satisfacéis, Señor, vuestra justicia.
Si fue morir vuestra mayor delicia,
más consigue su afecto perdonando,
y así me vuelvo a Vos, considerando
vuestra piedad a mi perdón propicia.
Si a tanto padecer para valerme
no podéis igualar con castigarme,
perdonarme debéis, agradecerme.
Perdonadme, Señor, para ganarme;
que perderéis la gloria con perderme
que os ha de resultar de perdonarme.

Canta la música:

No quiere, no, el Redentor
la muerte del pecador,
sí que muera arrepentido,

pues perdonar al vencido
es gloria del vencedor.
ÁNGEL.   Esta parábola enseña
lo que el Hombre debe a Dios;
y que es locura que pierda
gloria eterna, por no hacer
por Él cosas tan pequeñas,
pues haciéndolas tendrá
el Cielo, donde le espera
premio, que es el mismo Dios
con su bendición eterna.
HOMBRE.Y aquí da fin ¡no os asombre!
el auto (de aquesta suerte)
de Las Cortes de la Muerte,
con las miserias del Hombre.